Analyse de l'œuvre

Je sais pourquoi chante l'oiseau en cage

Maya Angelou

Analyse de l'œuvre

Par Isabelle Bousquette

Je sais pourquoi chante l'oiseau en cage

Maya Angelou

Rendez-vous sur lepetitlitteraire.fr et découvrez :

Plus de 1200 analyses
Claires et synthétiques
Téléchargeables en 30 secondes
À imprimer chez soi

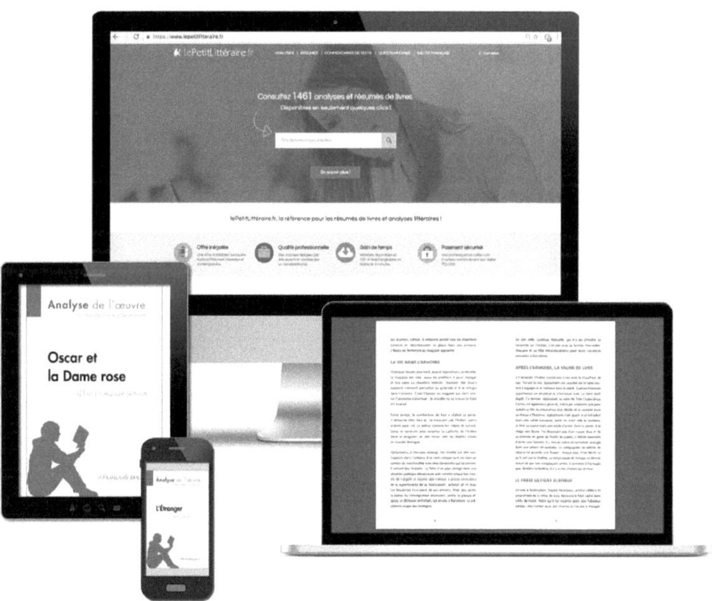

MAYA ANGELOU

POÈTE ET MÉMORIALISTE AMÉRICAINE

- **Née à St. Louis, Missouri, en 1928.**
- **Décédée à Winston-Salem, en Caroline du Nord, en 2014.**
- **Travaux notables :**
  - *Just Give Me a Cool Drink of Water 'fore I Diiie* (1971), recueil de poèmes.
  - *Rassemblez-vous en mon nom* (1974), mémoires.
  - *And Still I Rise* (1978), recueil de poésie

Maya Angelou, née Marguerite Annie Johnson, passe la majeure partie de son enfance avec sa grand-mère paternelle à Stamps, en Arkansas. Bien que la ville soit très rurale et que la discrimination raciale soit au premier plan de la politique américaine, sa grand-mère est un membre respecté de la communauté. Angelou séjourne également par intermittence chez sa mère à Saint-Louis. Cependant, lors d'une de ces visites, elle est violée par le petit ami de sa mère. Après avoir été poursuivi en justice, l'homme est assassiné. Le traumatisme découlant de cet événement conduit Maya à être presque totalement muette pendant plusieurs années.

Adolescente, Maya s'installe à San Francisco avec sa mère, où elle exerce une série de petits boulots, dont celui de serveuse de cocktail, de prostituée et de danseuse. C'est également à cette époque qu'elle tombe enceinte de son unique enfant, un fils. Dans les années

1950, Maya s'installe à New York et devient membre de la Harlem Writers Guild, un groupe d'écrivains qui se consacre à la représentation de l'expérience afro-américaine dans la littérature. Elle acquiert également une certaine renommée pour ses talents d'actrice et est même nominée aux Tony.

Maya passe les années 1960 et 1970 à écrire de la poésie, ainsi que ses sept volumes d'autobiographie, qui commencent avec *I Know Why the Caged Bird Sings*. Elle est saluée par la critique comme l'une des premiers auteurs à écrire de manière véridique et sans complexe sur l'expérience afro-américaine. En 1981, elle devient professeure d'études américaines à l'université de Wake Forest, malgré son manque d'éducation universitaire. Elle compose et prononce le poème « On the Pulse of Morning » pour l'investiture de Bill Clinton en 1993. En 2011, elle reçoit la médaille présidentielle de la liberté.

JE SAIS POURQUOI CHANTE L'OISEAU EN CAGE

UN MÉMOIRE RÉVOLUTIONNAIRE

- **Genre :** autobiographie
- **Edition de référence :** Angelou, M. (1984) *I Know Why the Caged Bird Sings*. Londres : Virago Press.
- **1ère édition :** 1969
- **Thèmes :** race, enfance, grandir, relations parentales, discrimination, sexualité, oppression.

I Know Why the Caged Bird Sings est le premier ouvrage de la série des autobiographies en sept volumes de Maya Angelou. Elle raconte son enfance à Stamps, dans l'Arkansas, et ses premières années de résidence avec sa mère à San Francisco, qu'elle a suivie jusqu'à l'âge de 17 ans. Parfois drôle, parfois tragique, le courant sous-jacent de ces mémoires est celui de l'oppression, en tant que femme, en tant qu'Afro-Américaine et en tant qu'enfant. Néanmoins, le personnage de Maya est toujours sûr de lui et souvent optimiste.

Ces mémoires connaissent un succès immédiat dès leur parution en 1969 et sont nominées pour le National Book Award. Angelou est louée pour sa capacité à écrire de façon si magistrale et sans ambages sur l'expérience afro-américaine. Le livre est publié à l'apogée du mouvement américain des droits civiques, et juste après la mort de Martin Luther King Jr. (leader religieux américain et militant des droits civiques, 1929-1968). Il marque un moment important où le pays commence à valoriser et à valider les expériences des Afro-Américains. Il constitue aujourd'hui encore un pilier important de la littérature afro-américaine, voire de la littérature en général.

RÉSUMÉ

LA VIE EN TIMBRES

Les mémoires s'ouvrent sur la rencontre de Marguerite et de son frère, Bailey Jr, avec leur grand-mère paternelle à Stamps, Arkansas, après la séparation de leurs parents. Stamps est une ville rurale où règne un racisme caractéristique du Sud profond américain des années 1930. La grand-mère de Marguerite, qu'elle appelle Momma, est très stricte et possède une épicerie générale en ville. Son oncle infirme, Willie, est également une figure d'autorité stricte qui veille à ce que Marguerite et Bailey soient correctement éduqués. C'est à ce moment de sa vie que Marguerite se découvre une passion pour la littérature, à commencer par Shakespeare.

La communauté afro-américaine de Stamps subit des railleries de bas étage ainsi que des menaces du Ku Klux Klan. Malgré cela, Marguerite et Bailey apprennent à apprécier la vie dans la petite ville et à passer du temps au magasin de Momma. Un Noël, ils reçoivent des cadeaux de leurs parents. C'est surprenant car ils avaient simplement supposé que leurs parents étaient morts. Peu après, leur père, Bailey Senior, apparaît en ville. Pour les habitants de Stamps, il semble être un homme urbain et élégant, mais Marguerite se méfie de lui. Il annonce qu'il emmène Marguerite et Bailey avec lui et finit par les déposer chez leur mère, Vivian, à Saint-Louis.

TIMBRES DE DÉPART

À Saint-Louis, Marguerite et Bailey Jr. emménagent chez leur mère, Vivian, et son petit ami, M. Freeman. Vivian est belle et élégante, et Bailey Jr. s'attache immédiatement à elle. Cependant, M. Freeman abuse sexuellement de Marguerite et finit par la violer, la prévenant que si elle en parle à quelqu'un, il tuera Bailey Jr. Lorsque Vivian et Bailey Jr. découvrent la vérité, M. Freeman est jugé pour ses actes. Il est ensuite retrouvé assassiné, probablement par les frères de Vivian. Marguerite se sent terriblement mal, se sentant en quelque sorte responsable de toute l'affaire. Elle et Bailey Jr. sont alors renvoyés à Stamps.

Marguerite croit que tout le monde s'attend à ce qu'elle tourne la page sur l'incident d'abus sexuel maintenant qu'elle est de retour à Stamps. Cependant, elle est toujours maussade et découragée. Marguerite commence à passer du temps avec une femme nommée Mme Flowers. Mme Flowers est élégante, instruite et conserve un statut impressionnant à Stamps, bien qu'elle soit une femme noire. Elle initie Marguerite à la poésie, l'incite à communiquer et l'aide à retrouver sa voix.

Bailey Jr. est moins heureux de retourner à Stamps. Sa mère lui manque et il fait face à son anxiété en simulant des rapports sexuels avec une série de filles du quartier. Finalement, il rencontre une fille bien développée, Joyce, qui le convainc de faire l'amour avec elle. Cependant, elle finit par quitter la ville et Bailey Jr. a le cœur brisé. Il est également témoin d'un moment sombre de racisme lorsqu'il voit un homme noir battu à mort par des hommes blancs. Momma décide que Bailey Jr. et Marguerite auront une meilleure vie s'ils vont vivre avec leur mère à San Francisco.

SAN FRANCISCO

Marguerite découvre qu'elle aime les charmes étranges de San Francisco et se plaît à fréquenter son nouveau lycée. Elle n'a pas non plus peur de vivre avec sa mère et le nouveau petit ami de celle-ci, Daddy Clidell. Elle n'est pas arrivée depuis longtemps lorsqu'elle est invitée à rendre visite à son père et à sa petite amie, Dolores, dans le sud de la Californie. Marguerite et Dolores se détestent immédiatement. Cela s'accentue lorsque Bailey annonce qu'il emmène Marguerite avec lui pour une excursion d'une journée au Mexique. Au Mexique, Bailey passe son temps à s'enivrer avec des femmes faciles. Il s'évanouit dans la voiture et Marguerite tente de le ramener chez lui, mais finit par abandonner. De retour en Californie, Dolores et Marguerite ont une altercation physique et Marguerite s'enfuit. Elle passe le reste de l'été avec un groupe d'adolescents sans abri vivant dans des voitures, mais finit par retourner chez sa mère à San Francisco.

Bailey Jr. est devenu un peu rebelle et décide de ramener une prostituée à la maison. Sa mère le met à la porte, et Marguerite est triste de le voir partir. S'ennuyant sans lui, elle décide de devenir conductrice de tramway. Au début, ils refusent d'engager une femme noire, mais après un peu de persévérance, Marguerite finit par obtenir le poste.

Après avoir lu *Le puits de la solitude* à l'école, Marguerite s'inquiète d'être lesbienne ou hermaphrodite (elle n'est pas sûre de la différence). Afin de prouver qu'elle ne l'est pas, elle a des relations sexuelles avec un garçon du quartier et tombe enceinte. Elle a le bébé après avoir obtenu son diplôme d'études secondaires et s'en occupe avec le soutien de sa mère. Dans la dernière scène du roman, Marguerite dort à côté de son bébé et trouve un sentiment de paix.

ÉTUDE DE CARACTÈRE

MARGUERITE

Marguerite, parfois surnommée « Maya » ou « Ma », est la narratrice des mémoires. L'histoire la suit de l'âge de trois ans à l'âge de 17 ans. Les critiques considèrent parfois que le personnage de Marguerite dans l'histoire est symbolique de toutes les filles noires qui grandissent en Amérique. En effet, les combats qu'elle mène contre le racisme et la discrimination peuvent certainement être interprétés comme un lien universel entre elle et les autres Afro-Américains. Cependant, les incidents particuliers de l'histoire et les réponses personnelles de Marguerite à ces incidents sont tirés spécifiquement de la vie réelle d'Angelou.

Dès les premières pages de ses mémoires, Marguerite exprime son mépris pour sa propre apparence, expliquant qu'elle aimerait être belle, blonde et blanche. La réalité, telle qu'elle la décrit, est qu'elle est « une fille noire trop grande, avec des cheveux noirs crépus, des pieds larges et un espace entre ses dents qui pourrait contenir un crayon numéro deux » (p. 5). Elle n'est jamais sûre de son apparence, se comparant généralement à son joli frère.

Marguerite excelle à l'école et est douée d'un esprit littéraire. Pendant son séjour à Stamps, elle est généralement la première ou la deuxième de sa classe. Lors de la remise des diplômes de 8e année, elle perd la place de première de classe au profit de Henry Reed, mais elle note : « au lieu d'être déçue, j'étais heureuse que nous partagions les premières places entre nous » (p.186). Le mémoire est rempli d'allusions de Marguerite à la littérature qu'elle a lue et aimée. Elle note :

> *« Bien que j'aie apprécié et respecté Kipling, Poe, Butler, Thackeray et Henley, j'ai gardé ma jeune et fidèle passion pour Paul Lawrence Dunbar, Langston Hughes, James Weldon Johnson et la "Litanie à Atlanta" de W.E.B. Du Bois. Mais c'est Shakespeare qui a dit : "Quand on est en disgrâce avec la fortune et le regard des hommes." C'était un état avec lequel je me sentais le plus familier. » (p. 16)*

Marguerite voit constamment les événements de sa vie à travers la lentille de la littérature. Elle trouve de l'espoir dans l'universalité de son expérience et une validation en reliant cette expérience à la littérature.

BAILEY JR.

Pendant la majeure partie des mémoires, Bailey Jr. est le compagnon le plus proche et le plus fidèle de Marguerite. Enfants, ils jouent ensemble et travaillent ensemble dans le magasin de leur grand-mère. Marguerite décrit sa dévotion absolue à Bailey Jr. en disant :

> *« Bailey était la personne la plus formidable de mon monde. Et le fait qu'il soit mon frère, mon seul frère, et que je n'aie pas de sœurs avec qui le partager, était une telle chance que cela me donnait envie de vivre une vie chrétienne, juste pour montrer à Dieu que*

j'étais reconnaissante. Là où j'étais grande, bossue et grinçante, il était petit, gracieux et doux. Alors que nos camarades de jeu me décrivaient comme ayant une couleur de merde, lui était loué pour sa peau noire comme du velours. Ses cheveux tombaient en boucles noires, et ma tête était couverte de laine d'acier noire. Et pourtant, il m'aimait. » (p. 24)

Alors que Marguerite se considère comme maladroite, elle voit Bailey Jr. comme attirant et charmant. Alors que la paire est continuellement ballottée entre leur mère, leur père et leur grand-mère, ils deviennent l'un pour l'autre la source d'amour la plus constante.

Lorsque Marguerite et Bailey Jr. reviennent à Stamps après leur bref séjour à St. Louis, Bailey est angoissé à l'idée de quitter sa mère. Bien que Marguerite soit heureuse de revenir à Stamps, elle est encore sous le choc du traumatisme de son agression sexuelle. Ainsi, les frères et sœurs trouvent à nouveau du réconfort l'un dans l'autre. Marguerite note que Bailey Jr. «sentait que nous étions dans le même bateau pour des raisons différentes, et que je pouvais comprendre sa frustration tout comme il pouvait tolérer mon retrait. » (p.99).

Lorsque Bailey est finalement mis à la porte de la maison de sa mère à San Francisco, Marguerite se sent perdue et sans but sans lui. Il était, à bien des égards, sa boussole. Le fait qu'il soit également mentionné dans la dédicace du livre par Angelou est une preuve de leur lien durable.

MOMMA

C'est la grand-mère paternelle de Marguerite qui l'a élevée pendant ses années les plus formatrices. Marguerite considère « Momma », comme elle l'appelle, avec un profond sentiment de crainte. Elle la décrit avec une admiration réservée, en disant :

> *« Les gens parlaient de Momma comme d'une belle femme et certains, qui se souvenaient de sa jeunesse, disaient qu'elle était très jolie. Moi, je ne voyais que sa puissance et sa force. Elle était plus grande que n'importe quelle femme de mon univers personnel, et ses mains étaient si grandes qu'elles pouvaient couvrir ma tête d'une oreille à l'autre. »* (p. 50-51)

Marguerite aime et craint à la fois Momma. Elle la voit comme plus grande que nature.

Momma possède un magasin général à Stamps qui approvisionne à la fois les clients noirs et blancs, ce qui lui vaut un statut respecté dans la communauté. Pendant la Grande Dépression, Momma offre des crédits de magasin aux travailleurs noirs du coton et aux habitants blancs de la ville. Lorsque Marguerite a mal aux dents, elle se souvient que Momma l'emmène chez le dentiste blanc de la ville. Le dentiste noir était loin de Stamps et le dentiste blanc avait auparavant emprunté de l'argent à Momma. Cependant, le dentiste refuse de voir Marguerite, estimant que cela nuirait à ses affaires de soigner une fille noire.

Momma envoie alors Marguerite dehors et parle au dentiste en privé. Marguerite imagine un scénario fantastique dans lequel Momma exerce ses pouvoirs pour bannir le dentiste de la ville. Elle découvre plus tard que le dentiste avait simplement proposé à Momma de lui donner de l'argent pour acheter un ticket de bus pour aller voir le dentiste noir. Cependant, elle note : « Je préférais, de loin, ma version ». (p. 207).

ANALYSE

AUTOBIOGRAPHIE ET FICTION

I Know Why the Caged Bird Sings est moins une autobiographie directe qu'un mélange de poésie et de mémoire. Les pensées, les sentiments et les descriptions qu'Angelou crée dépassent souvent la portée de l'esprit d'un enfant. Ainsi, les expériences de la jeune Marguerite sont clairement enrichies par l'imagination et les talents poétiques d'une Angelou plus âgée. Cette adaptation intéressante du genre autobiographique serait le résultat du défi lancé par Robert Loomis, l'éditeur d'Angelou, d'écrire une autobiographie « comme de la littérature » (Walker, 1995 : 91). Estimant qu'il était presque impossible d'écrire une autobiographie littéraire, Angelou n'a néanmoins pas pu résister au défi.

Ainsi, la prose du livre est alimentée par des conventions poétiques, des métaphores, des images et des allusions. Pour cette raison, certains critiques ont qualifié le livre de « fiction autobiographique » (Lupton, 1998). En effet, la narration des événements dans le livre n'est pas toujours techniquement exacte sur le plan historique. Angelou réorganise souvent les événements, sacrifiant la chronologie au profit de liens thématiques. Ce faisant, Angelou crée une narration plus complète, qui entraîne le lecteur dans un voyage significatif plutôt que dans un simple récit d'événements.

L'inclusion par Angelou d'éléments traditionnels de la littérature de fiction a également été comprise comme sa tentative de raconter l'histoire d'une génération plutôt que sa propre histoire. Des chercheurs tels que Susan Gilbert pensent qu'Angelou essayait de raconter une histoire collective de la situation critique des Afro-Américains (Gilbert, 1999).

En effet, ses descriptions complexes et poignantes de la jeunesse et de la discrimination raciale sont clairement évocatrices du mouvement américain des droits civiques des années 1960. À ce moment de l'histoire, on accordait enfin de la valeur à la vie et à l'expérience des Afro-Américains. L'œuvre d'Angelou était un élément essentiel de ce mouvement de par la manière dont elle mettait en avant les sentiments et les épreuves d'un groupe de personnes auparavant marginalisées.

Ainsi, l'autobiographie d'Angelou visait davantage à capturer la vérité de l'expérience de chaque personne noire qu'à se limiter spécifiquement à sa propre vie. Néanmoins, la nature du genre autobiographique fait que la tension entre l'expérience de Marguerite et l'expérience collective afro-américaine, ou la tension entre autobiographie et littérature, est clairement présente tout au long de l'œuvre. À bien des égards, *I Know Why the Caged Bird Sings* cherche à réinventer ce qu'est réellement l'autobio graphie, en la faisant porter davantage sur la véracité des sentiments transmis que sur l'exactitude historique des événements. Angelou a continué à essayer de redéfinir et de réinventer l'autobiographie de cette manière tout au long de ses six volumes de mémoires ultérieurs.

PARENTALITÉ

Le thème de la parentalité sert de cadre aux événements du mémoire. Au début du récit, Angelou souligne l'absence des parents de Marguerite et Bailey Jr. En décrivant leur voyage en train jusqu'à Stamps, elle remarque que les autres passagers ont dû avoir pitié des « pauvres petits chéris sans mère » (p. 7). La décision de Vivian et Bailey Senior d'envoyer Vivian et Bailey à Stamps conduit les enfants à les considérer comme inexistants, et même à supposer qu'ils sont morts.

La question de savoir ce que signifie être un parent apparaît à travers les différents noms avec lesquels Marguerite décrit ses différentes figures parentales. Au fur et à mesure que sa grand-mère paternelle joue le rôle principal dans son éducation, elle devient « Momma ». Marguerite note que « nous avons bientôt cessé de l'appeler grand-mère » (p. 8). Bien qu'elle ne soit pas leur mère biologique, Bailey Jr. et Marguerite considèrent que Momma joue un rôle parental central.

Lorsqu'ils sont finalement ramenés auprès de leur vraie mère, Vivian, ils ressentent une certaine distance. Elle n'a pas agi comme une vraie mère pour eux, et c'est pour cette raison qu'ils l'appellent formellement « Mère chérie ». Marguerite note : « Bailey a persisté à l'appeler "Mother Dear" jusqu'à ce que les circonstances de la proximité adoucissent la formalité de la phrase en "Muh Dear", et finalement en "M'Deah". Je n'ai jamais pu mettre le doigt sur son authenticité » (p. 74). Ainsi, même s'ils se sentent plus à l'aise avec Vivian, elle n'est pas leur

« Momma », et le plus familier qu'ils puissent devenir avec elle est de l'appeler « M'Deah ».

Le père de Marguerite et Bailey Jr. ne franchit jamais cette barrière de la distance. Lorsqu'il se rend à Stamps pour les ramener avec lui, il les dépose rapidement chez Vivian, puis disparaît. Marguerite ressent vivement l'absence de père, un facteur qui la rend vulnérable aux avances de M. Freeman. Lorsque M. Freeman abuse d'elle sexuellement pour la première fois, elle se sent d'abord en sécurité et désirée, croyant que « de la façon dont il me tenait, je savais qu'il ne me laisserait jamais partir ou que rien de mal ne m'arriverait jamais. C'était probablement mon vrai père et nous nous étions enfin trouvés » (p. 79). La scène de la maltraitance est rendue encore plus tragique par le désir de Marguerite d'avoir un « vrai » père, un père qui assumerait réellement ses responsabilités paternelles en l'aimant et en la protégeant.

Lorsque Marguerite tombe elle-même enceinte à la fin des mémoires, elle a peur d'être un mauvais parent ou de blesser son enfant de la même manière qu'elle a continuellement été blessée par ses propres figures parentales. Une nuit, Vivian dit à Marguerite que le bébé doit dormir dans le lit avec elle. Marguerite a peur de se retourner et d'écraser le bébé dans son sommeil. Cependant, elle finit par se réveiller avec le bébé dans ses bras, en sécurité et au chaud. C'est un moment poignant qui résout bon nombre des craintes, des tensions et des angoisses liées à la parentalité dans le mémoire. La mère de Marguerite, Vivian, a appris à sa fille comment protéger son propre bébé, et Marguerite a appris à faire confiance à sa mère et à se faire confiance.

OPPRESSION

Le titre du mémoire est tiré du poème « Sympathie » de Paul Laurence Dunbar (écrivain américain, 1872-1906). Dunbar était connu comme l'un des premiers écrivains à écrire dans un dialecte noir et à célébrer des histoires sur des expériences typiquement afro-américaines. Les deux parents de Dunbar étaient d'anciens esclaves. Ainsi, l'« oiseau en cage » de son poème devient un emblème de tous les Afro-Américains libérés des chaînes littérales de l'esclavage, qui ne sont toujours pas vraiment libres en raison de l'oppression et de la discrimination raciales endémiques en Amérique. Le titre d'Angelou porte toutes les lourdes connotations de l'œuvre de Dunbar.

La description que fait Angelou de la vie à Stamps démontre la discrimination brutale à laquelle étaient confrontés les Afro-Américains dans le Sud dans les années 1930. Lorsque le shérif prévient Momma que l'oncle Willie doit se cacher parce que le Ku Klux Klan va sortir cette nuit-là, Marguerite est en colère parce que des hommes innocents doivent se cacher. Elle déclare : « [Le shérif] est persuadé que mon oncle et tous les autres Noirs qui entendent parler de l'arrivée du Ku Klux Klan se précipiteront sous leur maison pour se cacher dans les excréments de poulet, ce qui est trop humiliant à entendre » (p. 20).

À San Francisco, lorsque Marguerite souhaite devenir conductrice de tramway, on lui répète sans cesse qu'« on n'accepte pas les gens de couleur dans les tramways » (p. 284). Cependant, grâce à sa persévérance, elle est heureuse de rapporter qu'« un jour de bonheur, j'ai été engagée comme la première Noire sur les tramways de San Francisco » (p. 289). Ainsi, malgré le courant sous-jacent de l'oppression raciale, sexiste et de classe, les mémoires entretiennent continuellement un sentiment d'espoir. L'oiseau titulaire qui représente le peuple afro-américain est sans aucun doute en cage, mais il chante aussi et espère un avenir meilleur.

POURSUITE DE LA RÉFLEXION

QUELQUES QUESTIONS À MÉDITER...

- Comment la relation entre Marguerite et Bailey Jr. évolue-t-elle tout au long des mémoires?
- Dans quelle mesure Marguerite est-elle protégée du sombre racisme de l'Arkansas et dans quelle mesure en est-elle consciente?
- Dans quelle mesure l'agression sexuelle de Marguerite est-elle centrale dans le déroulement des mémoires?
- Quelle influence Mme Flowers exerce-t-elle sur l'éducation de Marguerite?
- Quels sont les facteurs qui poussent Momma à envoyer Marguerite et Bailey Jr. à San Francisco?
- Comment la passion de Marguerite pour la littérature se manifeste-t-elle dans le style et le contenu de ses mémoires?
- Qu'est-ce qui rend Marguerite si déterminée à devenir conductrice de tramway?
- Comment Angelou a-t-elle relevé le défi de créer une autobiographie qui soit aussi une œuvre littéraire?
- Quel est l'effet de la décision d'Angelou de titrer ses mémoires par un vers d'un poème de Paul Laurence Dunbar?

AUTRES LECTURES

EDITION DE RÉFÉRENCE

- Angelou, M. (1984) *I Know Why the Caged Bird Sings.* Londres : Virago Press.

ÉTUDES DE RÉFÉRENCE

- Gilbert, S. (1999) Paths to Escape. Dans : J. M. Braxton, ed. *I Know Why the Caged Bird Sings : A Casebook.* Oxford : Oxford University Press, pp. 104-105.
- Jaynes, G. D. (2017) Harlem Writers Guild. *Encyclopædia Britannica.* [En ligne]. [Consulté le 16 février 2019]. Disponible sur : < https://www.britannica.com/topic/Harlem-Writers-Guild>
- Lewis, D. L. et Carson, C. (2019) Martin Luther King, Jr. *Encyclopædia Britannica.* [En ligne]. [Consulté le 16 février 2019]. Disponible sur : < https://www.britannica.com/biography/Martin-Luther-King-Jr>
- Lupton, M. J. (1998) *Maya Angelou : A Critical Companion.* Westport : Greenwood Press.
- Les éditeurs d'Encyclopædia Britannica (2019) Maya Angelou. *Encyclopædia Britannica.* [En ligne]. [Consulté le 16 février 2019]. Disponible sur : < https://www.britannica.com/biography/Maya-Angelou>
- Les éditeurs de l'Encyclopædia Britannica (2019) Paul Laurence Dunbar. *Encyclopædia Britannica.* [En ligne]. [Consulté le 17 février 2019]. Disponible sur : < https://www.britannica.com/biography/Paul-Laurence-Dunbar>

- Walker, P. A. (1995) Racial Protest, Identity Words, and Form in Maya Angelou's I Know Why the Caged Bird Sings. *College Literature.* 22(3), pp. 91-108.

SOURCES SUPPLÉMENTAIRES

- Andrews, W. L. et al. (1997) *The Oxford Companion to African American Literature.* Oxford : Oxford University Press.
- Baisnée, V. (1997) *Gendered Resistance : Les autobiographies de Simone de Beauvoir, Maya Angelou, Janet Frame et Marguerite Duras.* Amsterdam : Rodopi.
- Braxton, J. M., ed. (1999) *Maya Angelou's I Know Why the Caged Bird Sings : A Casebook.* Oxford : Oxford University Press.
- Challener, D. D. (1997) *Stories of Resilience in Childhood : The Narratives of Maya Angelou, Maxine Hong Kingston, Richard Rodrigues, John Edgar Wideman, and Tobias Wolff.* New York : Garland Publishing.
- Evans, M. et al. (1985) *Black Women Writers : Arguments and Interviews.* Londres : Pluto.

ADAPTATIONS

- *Je sais pourquoi les oiseaux en cage chantent.* (1979) [Film]. Fielder Cook. Réalisateur. États-Unis : Tomorrow Entertainment.

Votre avis nous intéresse !
Laissez un commentaire sur le site de votre librairie en ligne
et partagez vos coups de cœur sur les réseaux sociaux !

lePetitLittéraire.fr

- des analyses de livres
- des fiches de lectures
- des commentaires littéraires
- des questionnaires de lecture
- des résumés

**Retrouvez
notre offre complète sur
lePetitLittéraire.fr**

www.lepetitlitteraire.fr

ISBN version numérique : 9782808684408
ISBN version papier : 9782808685207
Dépôt légal : D/2023/12603/1020

Conception numérique : Primento,
le partenaire numérique des éditeurs.